实践版

校园侦探竞赛

[瑞典]马丁·维德马克　著　[瑞典]海伦娜·威利斯　绘
徐昕　译

湖南文艺出版社 HUNAN LITERATURE AND ART PUBLISHING HOUSE　小博集

这本书属于：

瓦乐比地图
瓦乐比学校
学校巷
博物馆
博物馆街
学校街
小卖亭
教堂街
教堂街
瓦乐比体育馆
热狗

码头
瓦乐比报
瓦乐比
图书馆
6
4
码头街
2
《瓦乐比报》
编辑部
宾馆
咖啡馆
大广场
里奥电影院

瓦乐比火车站
加油站
出租车
车站街
商人街
55
超市
S★L
特价商品
胡萝卜
3.-
特价
19.-
银行
宠物店
商人街
游泳馆
医院街

瓦乐比建筑公司
瓦乐比
监狱
铁窗巷
1915
大剧院
阿加顿
理发店
剧院街
剧院街
横街
消防站
眼镜店
警察局
商人街
商人街

你好！欢迎来到我们的侦探所！我们搜集了一些有趣的东西，现在有故事可以读，有游戏可以玩了。比如，你会听到一个关于我们俩的全新的故事，还有好多有趣的活动和谜题。来看看吧！

目录

你会这个吗？ 10

校园侦探竞赛 12

瓦乐比侦探赛 45

画玛娅 54

记忆游戏 56

谁是小偷？ 60

侦探数独 62

侦探邮件 64

配对连线 66

侦探棋挑战 68

跟迪诺和莎拉一起烤面包 70

为咖啡馆涂上颜色 73

为蛋糕涂上颜色 73

寻找赃物 74

自我测试：你是瓦乐比的谁？ 76

我的实践记录 78

朋友档案 80

90

嗄！天气好热啊，
我觉得我们应该出
去游个泳！

你会这个吗？

等一下！你会这个吗？拉塞，你知道什么人在夏天永远看不到吗？

呃……我不知道！不过你知道谁洗澡时头发从来不会湿吗？

呃……你知道什么地方只有日，没有夜吗？

不知道！但你知道谁在夏天穿衣服，却在冬天光着身子吗？

不知道！你知道什么东西太阳永远照不到吗？

好难啊！必须得游个泳才能想出来……游在最后的人是臭鲱鱼！

很难吗？

你也不知道这些谜语的答案吗？

去第 90 页看一看答案吧。

校园侦探竞赛

这是学期的最后一天，从明天开始，瓦乐比学校就要放暑假了。

“现在让我们安静，”古恩校长对学生们喊道，“因为下面要进行侦探竞赛了。”

学校的礼堂里聚满了孩子，拉塞和玛娅坐在米兰达的旁边。

舞台上，古恩校长身旁站着三个人，瓦乐比的

所有居民都认得他们。

“这下会很有趣。”拉塞小声说。

“芭布鲁·帕尔姆、警察局长和牧师一同出现。”玛娅回应道。

“我想知道他们会说些什么。”米兰达说。

此刻礼堂里鸦雀无声，古恩校长继续说：“今天我们请了三位客人来我们学校，他们是芭布鲁·帕尔姆、警察局长和牧师。”

古恩校长朝客人们挥手示意，礼堂里的学生们鼓起掌来。

芭布鲁微笑着，警察局长向大家敬礼，牧师则把手举过头顶挥舞着，仿佛他刚刚赢了一场拳击比赛。

拉塞和玛娅朝警察局长挥挥手，警察局长朝他俩眨眨眼。不过他看起来有点紧张不安。

古恩校长做了一个“嘘”的手势，礼堂又安静了下来。

“他们将给我们讲一讲他们小时候的故事。”

牧师把大拇指塞进嘴里，装模作样地吮吸起来。所有的观众都笑了起来。古恩校长继续说：“我们也许可以听到，他们在自己的领域是怎样做到那么出色的。芭布鲁是博物馆馆长，警察局长专门抓小偷，还有牧师……呃，牧师，呃……”

瓦乐比学校的校长迟疑了一下，不过她很快就想到牧师擅长的事情了。

“牧师对所有人都那么友善！”

牧师挺了挺腰板，看起来很自豪。

“不过——”古恩校长继续说，“为了让这个活动变得格外有趣，我要请牧师、芭布鲁和警察局长做一件非常特别的事情。”

拉塞疑惑地看了看玛娅和米兰达，不解地摇了摇头。

“嗯，你们知道，”古恩校长继续说，“当他们讲自己的故事时，他们会在演讲中加入一个小小的谎言，或者说一个错误信息。”

礼堂里发出一阵欢快的窃窃私语声。

“你们，我亲爱的孩子们，”古恩校长说，“要试着把不正确的信息找出来！哎，从现在开始你们可得认真地听，就像真正的侦探那样！明白了吗？”

“明白了！”大家齐声喊道。

“我们的客人是不是也明白自己的任务了？”古恩校长问。

“明白。”警察局长答道，又敬了一个礼。

“明白！”牧师大声说，“我会说谎的！”

“你呢，芭布鲁？”古恩校长问。

博物馆馆长芭布鲁·帕尔姆只是哼了一下。

“有趣的主意。”米兰达小声对拉塞和玛娅说，他们俩点点头以示回答。

拉塞从裤子后兜里掏出他的笔记本。

“那么好吧，”古恩校长转过头，对着三位客人说，“你们谁先开始？”

牧师立刻大手一挥，喊道：“我先来！”

牧师走到麦克风前，开心地朝礼堂里的所有孩子挥手。

“我首先要感谢大家让我来到这里，给我尽情发言的机会。这跟在教堂里布道一样，让我感到愉快。”他说。

听到瓦乐比这位愣愣的牧师说话，拉塞、玛娅和米兰达都忍不住窃笑起来。他是一个很好的人，但有时候会有点愣。

“我小时候没有电脑，”牧师继续说，“我们这些孩子觉得很无聊——没有电脑游戏，也不能愉快地上网聊天。唉，我们多期待能拥有电脑啊。”

拉塞用手捂住嘴，以免大家看到他在笑。

牧师继续说："我的第一张床是一个马槽。你们知道的，就是人们在圣诞节时放新出生的耶稣的那种马槽。那个时候我就知道，我将成为牧师。那个马槽是我爸爸自己做的，他跟耶稣的爸爸约瑟夫一样，都是木匠。"

牧师看起来很满意，自己点点头，然后继续说："我大一点后，马槽睡不下了，父母就把我放到一台收音机前。那可真惬意，我听了电台播放的每一个节目。它们播完了，我还在那里听。因为即便节目结束了，收音机里仍会传出美妙的噼噼啪啪的声音。是的，我确实拥有一个幸福的童年。"

“后来有一天，爸爸带了一个包回家。”牧师继续说，“‘这个书包是给你的，因为现在你要去上学了。’爸爸说，‘在学校里，你将学会认识草地上的花儿和鸟儿，还会交到朋友。’我在学校里

遇到了罗兰·斯文松，你们都知道，他是教堂的管理员。他成了我最好的朋友。”

牧师抬头看天花板，好像在想什么事情。然后他继续说：“我的小学老师差不多教会我我如今拥有的所有知识。我们讲到恐龙的时候，我晚上都睡不着觉，我觉得我真的有点爱上它们了。你们知道吗，在6500万年前，几乎所有恐龙都灭绝了！想想看！那么多又大又重的动物就这么死了。我希望报纸上能有为恐龙们写的优美的讣告，因为为它们这么做真的很值得。”

玛娅看了看拉塞，他的笔在本子上“唰唰唰”地写着。

牧师继续说：“恐龙灭绝之后，耶稣诞生了。老师给我讲了所有关于他的故事。耶稣遇到了很多人，他对大家都那么好。有一次，他甚至唤醒了一个死去的人。就是他！他真的太善良了。

“但是有一次，耶稣遇到了一个维京人，”牧

师提高嗓门说，“这回他生气了。是的，他对那个维京人很生气，因为维京人除了打架就不做别的事。‘回去吧，不要再打人了。’他说。维京人感到很惭愧，就划着船回家了。”

古恩校长看了看表，留给牧师的演讲时间已经没有了。她朝他轻轻地挥挥手，好让他明白不要再

讲了。可牧师却假装没有看到她。他继续往下讲：

“初中毕业后我长出了胡子，一开始我很高兴，可是后来长胡子的地方开始发痒，于是我把胡子刮掉了。再后来的事你们都知道了，我遇到了一件对我来说非常幸运的事。”

牧师伸出一根手指，让大家好好听他说。礼堂里鸦雀无声。

“瓦乐比的老牧师被一颗李子核卡住了喉咙，说不出话来了！突然，他的工作就没人做了。于是我跑去教堂，爬上老牧师经常站着的布道台，然后一直站在了那个位置上。”

牧师似乎打算继续讲他的人生故事，但这时古恩校长突然鼓起掌来。随即礼堂里的所有孩子都鼓起掌来。

牧师深深地鞠了一躬，结果脑袋撞到了讲台。他的额头上鼓起一个包，但他看起来仍然十分开心。

古恩校长走到麦克风前，说：“嗯，孩子们，

有没有人听出牧师的讲话中有某件奇怪的事情？”

礼堂里的孩子们全都举起了手，古恩校长点了一个女孩，女孩说：“我认为牧师这个故事里的错误是，他们期待得到电脑，可那时电脑还没有被发明出来。”

牧师非常用力地摇了摇头。

礼堂里的另一个孩子回答道：“我觉得错误在于，牧师小时候还没有收音机。”

“当然有！”牧师大喊道，“我还没有那么老吧。”

这时拉塞得到了回答问题的机会，他看着自己的笔记本，说：“我认为错误在于恐龙活着的时候还没有报纸，那时的人们怎么可能为它们写讣告呢？”

牧师高兴极了，因为他听到拉塞猜错了。他回应拉塞的时候激动得都站不住了：

“我可没说恐龙生活的时代有报纸，我只是说我希望报纸上能有为恐龙们写的优美的讣告。讣告可以晚一些写，等到人们发明报纸以后再写。”

“比如等到 6500 万年之后？”拉塞问。牧师点点头。

拉塞笑起来，摇了摇头。

古恩老师朝礼堂里的同学们望去，可现在没有一个人举手了。

“没有人想猜了？”

同学们都摇着头。

“那我们请牧师来讲讲他在演讲时偷偷地加入了什么错误信息。”

牧师沉默了一会儿，好加强紧张的气氛。然后他说：“我说……”

嗯，你猜出这个愣愣的牧师的故事里有一个什么错误了吗？
把书倒过来看，你就会看到牧师公布的答案！

“我说耶稣遇到了一个维京人，而事实上，维京人生活的时代要比耶稣晚很多年！”牧师开心地说道。

古恩校长再一次鼓起了掌，礼堂里的所有孩子都觉得牧师好狡猾。

“下面有请博物馆馆长芭布鲁·帕尔姆到前面来。”古恩校长说。

芭布鲁站起来，整了整自己的裙子。

芭布鲁的故事

当博物馆馆长把身体探到麦克风前的时候，礼堂里响起了同学们的掌声。

“现在请别忘了，”古恩校长提醒道，“你们要找出芭布鲁在她的故事里加入的那个错误信息。”

拉塞把他的笔记本翻到新的一页。芭布鲁敲了敲麦克风，开始演讲：

“我小时候，爸爸妈妈送给我一匹马。你们听说过这么傻的事情吗？我真的很讨厌这种动物！唉！每当我给它的尾巴扎辫子的时候，它就会踢我。每当我因为它的嘴巴有味道而给它刷牙的时候，它就想咬我！我不想要它！‘把它带走！把它带走！’我大喊着，脸都变青了。”

礼堂里的同学们都瞪大了眼睛，面面相觑。芭布鲁一想到自己经历的事情，就愤怒地摇摇头。

“后来我父母买了一辆自行车给我。一开始我很高兴，因为这辆车很漂亮。可是后来我试了一下铃铛，你们无法想象那个铃铛的声音有多么难听。

“尽管这个声音很难听，但我还是骑上了这辆自行车。可是它却摇摇晃晃的。我立刻跳了下来，

光是看着它就汗流不止！唉！‘把它拿走！把它拿走！’我又一次喊了起来，喊到脸都青了。”

玛娅在拉塞耳边小声说：“看起来芭布鲁小时候是一个很麻烦的小孩。”

拉塞点点头，继续做笔记。

“在经过马和自行车两次糟糕的尝试之后，我的父母给我买了一个足球。一个足球！我生气极了，于是踢了它一脚，可它却弹到了我的鼻子上。哎哟！鼻子流血了。‘把它拿走！把它拿走！’我又一次喊了起来，喊到脸都青了。亲爱的孩子们，我要说的是，我有一个可怕的童年。”

芭布鲁·帕尔姆从口袋里拿出一块手帕，擦了擦眼角。

警察局长马上跑上前去，轻轻地拍她的肩膀表示安慰，而牧师也哭了起来。

芭布鲁大声地擤了擤鼻涕，继续说：

“不过有一天，一切都变了。我父亲的姐姐的丈夫的哥哥生了一个孩子，我们即将第一次看见那个小宝宝。我们开车去医院，在那里等了几个小时。

“等候室里放着一盒蜡笔和几张纸，好让孩子们在上面画画。‘你想画画吗？’我母亲问。一开始我打算像以前那样大喊大叫到脸色变青，可后来我

拿起一支红色的蜡笔，在纸上画了一条线。接着我拿起一支蓝色的蜡笔，又画了几条线。然后我就被吸引住了！我画呀画呀，当我们终于可以进去看那个刚出生的婴儿时，我却不肯站起来了。父亲和母亲进去看小宝宝，而我则继续在那里画画。”

突然，芭布鲁·帕尔姆停住了。古恩校长疑惑地看着她。

“讲完了？”

芭布鲁用力地点点头。

“好吧……”古恩校长说，“这个故事……真有趣。”

随后她和礼堂里的所有孩子都鼓起掌来。

“接下来轮到你们了，”古恩校长对同学们说，“芭布鲁在她的故事里偷偷地加了一个小小的错误信息，是哪一个呢？”

很多孩子都举起了手，米兰达首先得到回答的机会。

“我觉得那个错误是，我们没办法给马刷牙。”

芭布鲁哼了一声，回答说：“当然可以。所以，这并不是我的答案。”

接下来的一个男孩试着回答说：“我们也没办法把足球踢到自己的鼻子上吧？”

芭布鲁瞪了一眼那男孩，他在座位上缩了缩脖子。

“你太缺乏经验了！我们当然可以把足球踢到自己的鼻子上！”

古恩校长望着全场的学生："还有谁想来揭穿芭布鲁的小谎言？"

同学们摇着头，没有人想得出芭布鲁说的话里有什么不对的地方。但这时玛娅突然想到了！她深吸一口气，举起了手。

"好，小玛娅来说。"古恩校长说。

可还没等玛娅回答，芭布鲁就从古恩校长手里拿过麦克风，说：

"我说……"

好吧，你猜到芭布鲁演讲中的那个错误信息是什么了吗？
把书倒过来看，你就会看到芭布鲁·帕尔姆说了什么！

"我说我父亲的姐姐的丈夫的哥哥生了一个孩子，"芭布鲁·帕尔姆说，"可他是一个男人！据我所知，还没有男人生过孩子。"

礼堂里的孩子们都笑了，鼓起掌来。他们觉得博物馆馆长跟牧师一样，也挺狡猾的。

芭布鲁看起来非常得意。她朝警察局长点点头，警察局长知道，下面轮到他了。

警察局长的故事

警察局长朗道夫·拉尔松看起来有点不安。他扭着身子，拉了拉制服的袖子，扔下帽子。随后，他把身体探到了麦克风前。

“大家好。”他轻轻地说了一句。

礼堂里的孩子们也对他说了“您好”。

警察局长拿起了他放在面前的一张纸。

“我不是特别习惯在这么多人面前说话，”

警察局长说，“我不得不承认有点紧张。”

这时牧师跑上前去，拍了拍警察局长的肩膀。“就像我平时在教堂布道那样，”他说，“闭上眼，就假装台下没有人在听一样。”

警察局长谢过牧师，清了清嗓子，开始读起纸上的内容：

“有一次放学后，我找不到我的自行车了。我找了好几个小时，确定它被人偷了！

“在那个空荡荡的自行车停车架和我所有的朋友面前，我发誓我长大后要成为警察。可是当我回到家，却看见我的自行车在家里。我忘了我的车胎漏气了，那天我是走着去学校的。可是我已经发过誓了，所以后来我当了警察。”

警察局长又看了一眼他面前的纸，继续说：“为了把自己的工作做好，我们必须要有目标。”

牧师和芭布鲁都点点头，表示赞同。警察局长继续说：“我每年都要努力逮捕 6 个人，这是我的

目标。15 年里，我一共逮捕了……让我们算算看吧。”

警察局长掰着手指头，认真地算着。

“15 年里，我一共逮捕了 90 个犯罪分子！”

坐在拉塞和玛娅前面的一个梳辫子的女孩举起手。警察局长朝她点点头，她问道：

“可假如这一年什么案件都没发生呢？你怎么实现你的目标？”

古恩校长赞许地向女孩点点头，说："这个问题问得好，小纳迪娅。让我们来听听朗道夫会怎么回答。"

警察局长朗道夫·拉尔松狡黠地看了看那个女孩和古恩校长。

"你们觉得我存在吗？"他用大拇指指着自己问道。

纳迪娅和古恩校长点点头。

"我是警察吗？"

古恩校长和那女孩再次点点头。

"所以你们看到了，警察之所以存在，是因为有罪犯存在。而我就是警察。"

拉塞小声地对玛娅和米兰达说："他这是在诡辩！"

警察局长继续往下说。这会儿他的紧张情绪似乎烟消云散了：

“很多事情都是违法的。骑自行车时不能闯红灯，不能偷小孩子的东西，不能抢银行，不能骂人，不能超速驾驶，不能绑架别人。我每年肯定能抓到6个犯罪分子，不然的话会怎样呢？监狱可能会变得空荡荡了吧？”

一想到这种不可思议的景象，警察局长朗道夫·拉尔松笑了起来。

牧师也笑了起来，说：“就好像我布道的时候没有人来教堂一样！那会是怎样一番景象呢？如果教堂里空无一人，如果没有了我、罗兰和耶稣，那人们去教堂做什么呢？”

警察局长看了看自己面前的纸，说：“我讲完了。”

古恩校长和同学们全都鼓起掌来。

“有没有人发现朗道夫在他的故事里偷偷地加了什么错误信息？”

好几个同学举起手，古恩校长让坐在礼堂最后一排的一个男孩来回答。

“错在警察局长说 6 乘 15 等于 90。”

古恩校长严肃地看着那个男孩：“你的数学课是怎么上的？”

那男孩又算了一下，随即红了脸。

“对不起，”他说，“我算错了。”

警察局长好奇地看着同学们。古恩校长让坐在最前排的一个女生来回答。

“我认为警察局长这个故事里的错误在于，偷小孩子的东西是不违法的。”

警察局长朗道夫·拉尔松严肃地看着那个女孩，深思熟虑后说：“每个人在法律面前都是一样的，无论这个人是大人还是孩子，是富有还是贫穷，是年老还是年轻，是警察还是牧师。我们不可以从任何人那里偷东西！”

古恩校长望着礼堂里的同学，可是没有人举手了。连拉塞和玛娅也没有举手。

警察局长大笑起来。他把身体贴近麦克风，说：“我刚才说……”

嗯，警察局长这个故事里的错误信息是什么呢？你猜对了没有？

“我刚才说骂人是违法的，但事实上，法律并没有说不可以骂人。”

牧师吃惊地看着警察局长。“骂人并不违法？”他问。

朗道夫·拉尔松点点头。

“所以你的意思是……你的意思是我可以说‘该死的’？”

瓦乐比的警察局长点点头。牧师先是表现得很吃惊，随后又变得很开心。

“‘见鬼’，”他笑着说，“‘真该死’，这些都可以说？”

警察局长再一次点点头。牧师正打算继续举几个法律允许的例子，芭布鲁·帕尔姆打断了他。

“法律是法律，但我们还是得给孩子们做好的榜样！”

牧师十分不解地看着博物馆馆长。

这时古恩校长说：“我觉得我们应该感谢芭布鲁·帕尔姆、警察局长和牧师。他们来这里给我们讲了他们的故事，向我们传授了他们成功的经验。”

古恩校长鼓起掌来，同学们也跟着鼓起掌来，一直鼓到手都痛了。

警察局长走到麦克风前，说：“我祝愿所有的孩子都能过一个美好的暑假！”

瓦乐比侦探赛

参与问答竞赛，来测试一下你的瓦乐比侦探值有多少！

1 牧师的爸爸从事什么职业？

1. 牧师
2. 木匠
3. 诗人

2 牧师最好的朋友叫什么名字？

1. 吕内·安德松
2. 罗兰·斯文松
3. 迪诺·帕尼尼

3 牧师为什么把自己的胡子刮掉了？

1. 留着胡子很痒
2. 留着胡子很热
3. 留着胡子很丑

4 芭布鲁从父母那里得到了哪三样礼物？

1. 一匹马、一辆自行车和一个足球

2. 一个包、一支笔和一辆汽车

3. 一颗宝石、一幅画和一头羊

芭布鲁对这些礼物的态度是什么样的？

1. 她喜欢那些礼物

2. 她讨厌那些礼物

3. 她想把那些礼物送人

6 芭布鲁小时候喜欢做什么事？

1. 她喜欢看书

2. 她喜欢听音乐剧

3. 她喜欢画画

7 警察局长开始演讲时为什么会紧张？

1. 他不习惯在很多人面前说话
2. 他没有准备好演讲的内容
3. 他担心自己的表现不够好

8 警察局长每年想要抓住几个犯罪分子？

1. 5 个
2. 6 个
3. 7 个

9 当那个男孩发现自己算错了的时候，他是什么反应？

1. 他飞快地跑了
2. 他捂着脸哭了
3. 他脸红了，说“对不起”

10 谁在瓦乐比游泳馆偷了一枚游泳徽章？

1. 吕内·安德松
2. 牧师
3. 跳水运动员拉克·布林德

11 瓦乐比监狱那个严厉的主管叫什么名字？

1. 昂内斯·布拉
2. 阿达·穆拉
3. 阿佳塔·裘拉

12 瓦乐比那位愣愣的牧师经常会做一些傻事，下面这些行为中哪一个是他做的？

1. 在里奥电影院绑架狗狗
2. 拉下火车上的紧急制动阀
3. 在里奥电影院插队

13 玛丽护士除了在瓦乐比学校当护士，还做过什么？

1. 在瓦乐比足球队踢后卫
2. 在瓦乐比的舞蹈比赛中当裁判
3. 参加瓦乐比的自行车赛

14 消防日那天，消防员们在瓦乐比广场上做演示。那位勇敢的消防员伊凡娜讲了什么？

1. 巨大的云梯车是怎么工作的
2. 怎样进入一栋被锁住的着火的房子
3. 如何使用灭火器

爱予人人

15 哪一位诗歌爱好者在瓦乐比组织了“爱之节”？

1. 卡琳·法廉，图书管理员
2. 鲁尼·哈瑟伍德，宾馆经理
3. 佛朗哥·波罗，邮差

16 流动马戏团的经理留在了瓦乐比，而他的精彩马戏团则继续巡演。他得到了什么新工作？

1. 瓦乐比足球队的教练
2. 在里奥电影院卖零食
3. 瓦乐比学校的管理员

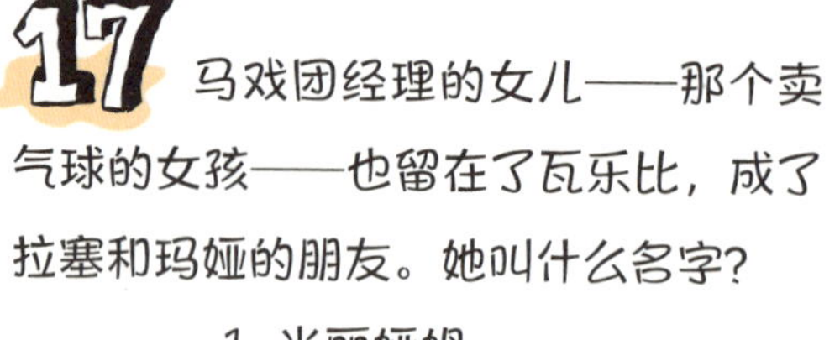

17 马戏团经理的女儿——那个卖气球的女孩——也留在了瓦乐比，成了拉塞和玛娅的朋友。她叫什么名字？

1. 米丽娅姆
2. 米兰达
3. 比阿特丽斯

18 阿尔贝里校长在工作中做了违法的事情，必须在监狱里为自己赎罪。谁接替了他的工作？

1. 古恩老师
2. 管理员里斯多
3. 护士玛丽

19 牧师在瓦乐比监狱组织了话剧《哈姆雷特》的演出。剧中的三个角色是由谁扮演的？

1. 监狱工作人员
2. 犯人
3. 来访的艺术家

20 佛朗哥·波罗经常在瓦乐比的各个事件中出现。他的职业是什么？

1. 前台接待员
2. 邮差
3. 博物馆馆长

21 卡尔－菲利普是瓦乐比的一只很有教养并且很有音乐天赋的狗。它那位充满爱心的主人叫什么名字？

1. 弗朗丝·维克
2. 艾薇·罗斯
3. 芭布鲁·帕尔姆

22 在里奥电影院绑架狗狗的人是做什么工作的？

1. 电影院放映员
2. 电影院售票员
3. 电影院零食售货员

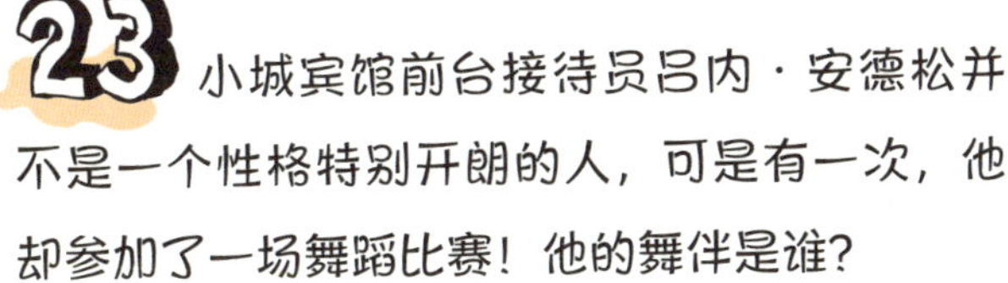

23 小城宾馆前台接待员吕内·安德松并不是一个性格特别开朗的人，可是有一次，他却参加了一场舞蹈比赛！他的舞伴是谁？

1. 佩妮拉·格伦，瓦乐比博物馆的收银员
2. 卡琳·法廉，图书管理员
3. 艾薇·罗斯，退休人员

24 警察局长在工作中并不常积极参与侦查，不过有一回他却非常机智地战胜了一个小偷。当时他是怎么做的？

1. 整夜坚守瓦乐比博物馆
2. 假装摔断了腿，不得不打上石膏
3. 乘坐消防员的云梯车

25 有一回，警察局长在一列火车上执勤，他的腰带上挂了一串钥匙，有人趁警察局长不注意的时候把钥匙偷走了，这个人是谁？

1. 检票员
2. 火车司机
3. 牧师

26 瓦乐比小城外有一块漂亮的露营地，它的名字叫什么？

1. 盖廷露营地
2. 古纳尔松露营地
3. 格拉纳露营地

27 米兰达和她的猴子西尔弗斯特还有拉塞和玛娅一起露营的时候，露营地的老板请他们参加小龙虾派对。除了小龙虾，他们还吃了什么？

1. 香蕉
2. 鸡油菌
3. 馅饼蛋糕

28 《钻石谜案》中的罪犯自打多年前被捕入狱后就再也没有在瓦乐比露面。现在他参加了一出在监狱里上演的话剧，他叫什么名字？

1. 阿尔贝里校长
2. 莫贝里医生
3. 罗洛·斯密特

29 牧师经常赞美我们周围美好的事物。什么东西是他经常说到的？

1. “草地上的花儿和鸟儿”
2. “大海上的风和浪”
3. “牧场里的红三叶草和奶牛”

嘘！ 正确答案在第90页。

画玛娅

学习画玛娅。使用方格线，一次画一个格子。自己给画像涂上颜色。

小建议！

选一张你最喜欢的自己的照片，在上面画上方格线。然后把它画到一张单独的空白方格纸上。

记忆游戏

一名侦探必须具备好的记忆力。现在来玩一个游戏，你可以锻炼一下自己。芭布鲁·帕尔姆展示了 17 件来自瓦乐比博物馆的藏品，试着把它们记下来，越多越好。你有 30 秒的时间！然后翻到下一页。

这些是我的博物馆里
最值钱的藏品，都是
无价之宝！

哎呀，发生什么了？4件藏品不见了！肯定有小偷来过了。是哪4件藏品丢了？把它们画到原来的位置上。

小建议！

找一位朋友挑战——在桌上放上 17 件物品，让他 / 她观察 30 秒。请你的朋友闭上眼睛，这时你拿走一件或几件物品。你的朋友能看出你拿走了哪件或哪几件物品吗？

谁是小偷？

我们必须找出偷走博物馆藏品的那个小偷！看见小偷离开的证人对此人的外貌做出下列描述。把小偷圈出来！

小建议！ 选择另一个人当小偷，写下你对他 / 她的外貌描述。找一个朋友进行挑战，让朋友把小偷找出来！

- 小偷不戴眼镜。
- 小偷不戴耳环。
- 小偷不穿黄色的衣服。
- 小偷戴帽子。
- 小偷穿带扣子的衣服。

侦探数独

用数独游戏锻炼大脑。

方格内的每件物品在每一行和每一列中各出现一次，在每种颜色的方格内也各出现一次。请在空着的方格内画出缺少的物品！

每件物品在每一列中出现一次。

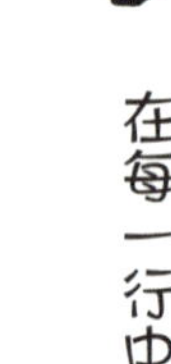

在每一行中出现一次。

	1	5		2	7	3		8
2	8	6			4		1	7
4	7	3	8	5	1		6	
1			4	8	9			6
6	3	7	2	1		9	8	4
8			3	7	6			2
	2		5	6	3	4	9	1
5	4				8		2	3
		9	1			8	7	

现在更复杂了！

在这张图中，方格内的每一个数字在每一行和每一列中各出现一次，在每种颜色的方格内也各出现一次。

嘘！ 答案在第 92 页！

侦探邮件

侦探需要发送秘密的信息，这一点很重要。你能够翻译拉塞和玛娅写的这封信吗？

ИI +LN!

⊔+I +NV ZI ⊐NV ZNV TI

⊏N ∇V XVLИ –I –NИX ∆I!

⊐L ZLI ⊔+V TI –I ⅃NV

ZI ZI. ⊔+I ИL ZI ZI?

TL ⊔LI +I ⅃L ZL

清楚地把这封信写在这里：

A	B	C	D	E	F	G	H	I	J	K	L	M	N	O	P	Q	R	S	T
L	⊏	Γ	–	I	/	X	+	I	X	⊥	T	⅃	И	N	H	X	⊓	⊔	⊐

你能给拉塞和玛娅回信吗？正常写下你要发送的信息：

把你要发送的信息再写一遍，这一回用暗码来写。

现在你写出了一封属于自己的秘密侦探邮件！

小建议！

在页面底部的蓝色区域创建你自己的暗码表。

U	V	W	X	Y	Z	1	2	3	4	5	6	7	8	9	0
⋁	⋀	▽	△	Z	Ƨ	╲	□	◫	⊟	⊘	⧅	⊠	⊽	⏃	⊞

配对连线

瓦乐比里住着很多有趣的人物——可你知道哪一件物品是谁的吗？通过连线的方式，为这些人物与物品建立正确的联系。

瑞典

1623

侦探棋挑战

谁能率先抓到小偷？向一位朋友发起挑战，来玩瓦乐比棋。你们需要一枚骰子，一些来当棋子的硬币或纽扣。

开始

你找到了一条重要的线索。很棒，按照箭头前进！

你得到了搭乘警车的机会。前进两格。

你找到了一条秘密隧道。穿过这条隧道！

你跟踪了一名嫌疑人，可她只是待在家里看电视。暂停一轮。

你骑上了马戏团的一匹马。前进三格。

啊，不，你把笔记本弄丢了！按照箭头回去取笔记本。

古恩校长把你留下来训话。暂停一轮。

小建议！ 开始游戏之前，先决定是否必须以不多不少的步数走到终点才算胜利。

神秘的脚印——你发现小偷了！跟着这些脚印，前进两格。
你跟着那些神秘的脚印走，可是这些脚印偏离了道路——它们是错误的线索，把你一直带回了起点。
你得到了一个新的精美的放大镜。前进五格。
啊，不，小偷看穿了你的伪装！按照箭头退回去，换上假胡子！
看，一个神秘的粉红色箭头！沿着这个箭头的方向，看看它通向哪里！
“站住！”你喊道。前进三格追逐嫌疑人。
牧师在布道。暂停一轮，听牧师布道。
终点！
你率先抓到小偷，并且得到了奖章！
啊，不，你踩到了狡猾的小偷故意扔在那里的香蕉皮，滑了一跤。按照箭头后退。
你搭上了一辆消防车。可是，哎呀，有地方着火了，消防车必须返回灭火。按照箭头退回。
你带着警犬出来散步。它后退了三格，到路灯下小便。
珠宝店

跟迪诺和莎拉一起烤面包

下雨了？待在室内，烤一些好吃的点心吧！迪诺·帕尼尼和莎拉·本纳德将为你提供一份帕尼尼-本纳德咖啡馆最受欢迎的食谱。

迪诺·帕尼尼

覆盆子松饼

你需要：

200 克黄油

270 克小麦面粉

1 茶匙发酵粉

90 克糖

15 毫升香草糖浆

覆盆子果酱

25 个松饼纸杯

做法：

●开始烤之前先把黄油拿出来，让它在室温解冻。

●打开烤箱，调到 175℃。把 25 个松饼纸杯放到一个烤盘上。

●将面粉和发酵粉和到一个大碗里。

●在另一个大碗里将黄油、糖和香草糖浆搅拌在一起。它们变软后，倒入面粉，再次进行搅拌。

●用面团揉出 25 个球，把它们分别放到纸杯里。

●用手指在每一个球上面压一个坑，往坑里填上覆盆子果酱。

●请一位成年人帮你把烤盘放进烤箱。

●烤大约 14 分钟，或是烤到覆盆子松饼颜色改变。

●让松饼冷却下来（果酱会非常热！），然后配上果汁吃。

祝你好胃口！

莎拉·本纳德

小建议

如果你有其他喜欢的果酱，也可以把覆盆子果酱替换掉。或许可以来个巧克力糖口味的？

为咖啡馆涂上颜色

你坐在帕尼尼－本纳德咖啡馆休息。

按照下面的数字给咖啡馆涂上颜色。没有数字的地方，你可以自己决定涂什么颜色。

1　3　5

2　4　6

为蛋糕涂上颜色

你想用什么颜色就用什么颜色。

嗯，不，你找到我了！可是你却永远找不到我从博物馆偷来的赃物，哈哈！

寻找赃物

小偷把从博物馆偷来的珍贵藏品藏到了镇上的某个地方，准备等风声过后再去取。可是我们找到了小偷的“备忘录”！根据字条上的内容去寻找小偷的藏宝地。

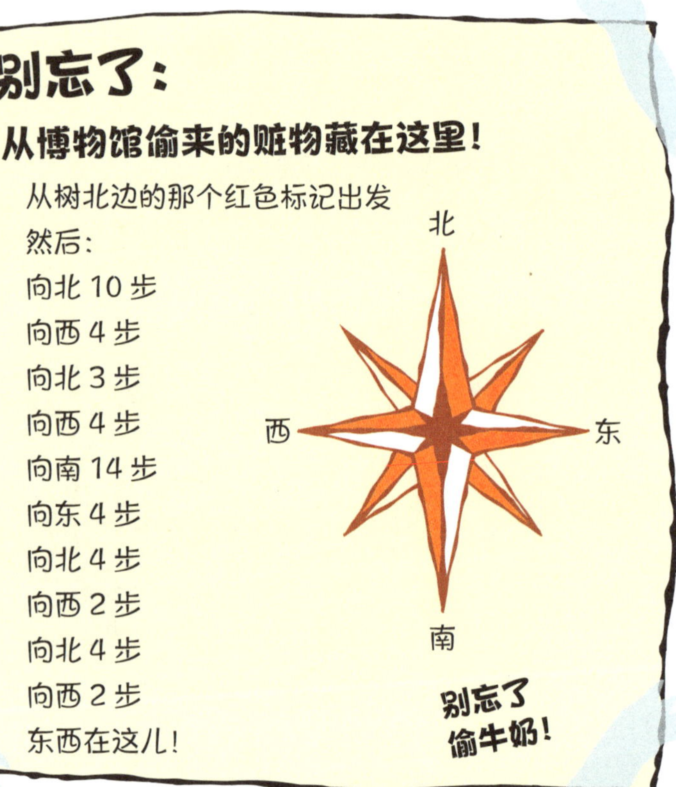

赃物藏在：

小卖亭
55

自我测试：你是瓦乐比的谁？

你的业余爱好是什么？

A 当然是破解谜案！
B 我觉得最有趣的事情是画画。
C 我最喜欢去户外，走进美丽的大自然。

你最喜欢的颜色是什么？

A 蓝色很美！
B 我喜欢所有颜色，所有颜色！
C 我觉得紫色很庄重，是很漂亮的颜色。

在聚会上你会做什么？

A 我负责让大家在舞池里玩得开心。
B 我来决定大家该在聚会上做些什么。
C 我会给在场的所有人讲很长的、有趣的故事。

你的阅读偏好是怎样的？

A 我想读富有常识的书籍。
B 我喜欢有漂亮图画和照片的书。
C 我喜欢读优美的诗歌。

你最想在周末做什么？

A 我想钓鱼和吃冰激凌。
B 我想出门旅行，想去埃及。
C 我一点也不想让自己闲着！

结果：

数一数你得到的 A、B、C 哪个最多，你就知道你跟瓦乐比的哪个人最像。

得到的 A 最多：

你是警察局长！

你喜欢井井有条，希望你和朋友都能友好相处。

周末建议：放松一下，用第 62—63 页上的数独来锻炼你的大脑。

得到的 B 最多：

你是芭布鲁·帕尔姆！

你喜欢做决定，当你有了一个主意的时候，没有人能阻止你。

周末建议：对你的朋友好一点！按照第 70—71 页上的配方，烤一些松饼请你的朋友吃。

得到的 C 最多：

你是牧师！

你喜欢美好的东西，比如诗歌和草地上的花儿。

周末建议：使用第 64—65 页上的暗码给你的朋友写一封信。

我的实践记录

我的名字： 拉塞

我的这个月：

- [x] 刺激
- [ ] 温暖
- [ ] 无聊
- [ ] 多雨
- [ ] 一场灾难
- [ ] 我这辈子最好的一个月
- [x] 阳光灿烂

我去了： 沙滩

我遇到了： 玛娅、鲁特阿姨和一匹马

我吃了： 冰激凌和芥末鲱鱼

最好的一天： 7 月 11 日。这一天我们抓到了一个从博物馆偷走展品的小偷。

这个月的一天：

我的名字：

我的这个月： □ 刺激 □ 温暖

□ 无聊 □ 多雨 □ 一场灾难

□ 我这辈子最好的一个月 □

我去了：

我遇到了：

我吃了：

最好的一天：

这个月的一天（自己画）：

快乐的一天！

朋友档案

指纹

（用水笔把指腹涂上颜色）

我的名字是（反写）：

但别人叫我：（如果你愿意的话，请使用第 64—65 页上的暗码）

我的生日：（日）　　（月）　　（年）

这个月我要做的事：

我最崇拜的偶像：

眼下我听得最多的歌手：

我希望成为：

我喜欢做的事：

给下一个人的问题

外貌特征

眼睛的颜色：

头发的颜色：

鞋的尺码：

身高：

其他特征：

我的亲笔签名：

指纹

（用水笔把指腹涂上颜色）

我的名字是（反写）：

但别人叫我：（如果你愿意的话，请使用第 64—65 页上的暗码）

我的生日：（日）　　（月）　　（年）

这个月我要做的事：

我最崇拜的偶像：

眼下我听得最多的歌手：

我希望成为：

我喜欢做的事：

回答上一个人的问题

给下一个人的问题

外貌特征

眼睛的颜色：

头发的颜色：

鞋的尺码：

身高：

其他特征：

我的亲笔签名：

指纹

（用水笔把指腹涂上颜色）

我的名字是（反写）：

但别人叫我：（如果你愿意的话，请使用第 64—65 页上的暗码）

我的生日：（日）　　　　（月）　　　　（年）

这个月我要做的事：

我最崇拜的偶像：

眼下我听得最多的歌手：

我希望成为：

我喜欢做的事：

回答上一个人的问题

给下一个人的问题

外貌特征

眼睛的颜色：

头发的颜色：

鞋的尺码：

身高：

其他特征：

我的亲笔签名：

指纹

（用水笔把指腹涂上颜色）

我的名字是（反写）：

但别人叫我：（如果你愿意的话，请使用第 64—65 页上的暗码）

我的生日：（日）　　（月）　　（年）

这个月我要做的事：

我最崇拜的偶像：

眼下我听得最多的歌手：

我希望成为：

我喜欢做的事：

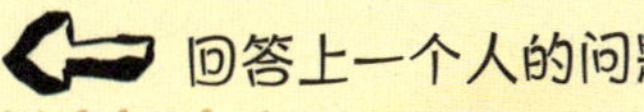

给下一个人的问题

外貌特征

眼睛的颜色：

头发的颜色：

鞋的尺码：

身高：

其他特征：

我的亲笔签名：

指纹

（用水笔把指腹涂上颜色）

我的名字是（反写）：

但别人叫我：（如果你愿意的话，请使用第 64—65 页上的暗码）

我的生日：（日）　　（月）　　（年）

这个月我要做的事：

我最崇拜的偶像：

眼下我听得最多的歌手：

我希望成为：

我喜欢做的事：

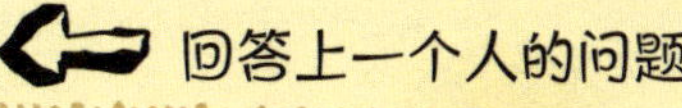

外貌特征

眼睛的颜色：

头发的颜色：

鞋的尺码：

身高：

其他特征：

我的亲笔签名：

答案

你会这个吗？

10—11 页

什么人在夏天永远看不到？	雪人
谁洗澡时头发从来不会湿？	光头
什么地方只有日，没有夜？	日历上
谁在夏天穿衣服，却在冬天光着身子？	树
什么东西太阳永远照不到？	影子

瓦乐比侦探赛

45—53 页

1-2	6-3	11-3	16-3	21-2	26-2
2-2	7-1	12-2	17-2	22-3	27-2
3-1	8-2	13-2	18-1	23-3	28-3
4-1	9-3	14-2	19-2	24-2	29-1
5-2	10-1	15-2	20-2	25-1	

（第 1—9 题见本书，第 10 题见《游泳馆谜案》，第 11、19、28 题见《监狱谜案》，第 12 题见《火车谜案》，第 13、15、23 题见《爱的谜案》，第 14 题见《消防队谜案》，第 16—17 题见《马戏团谜案》，第 18 题见《校园谜案》，第 20 题见《足球谜案》等，第 21—22 题见《电影谜案》等，第 24 题见《医院谜案》，第 25 题见《火车谜案》，第 26—27 题见《露营地谜案》，第 29 题见《火车谜案》等）

记忆游戏

56—59 页

被偷走的物品是：戒指、花瓶、猫形木乃伊和项链。

谁是小偷？

60—61 页

猴子是小偷。

侦探数独

62—63 页

9	1	5	6	2	7	3	4	8
2	8	6	9	3	4	5	1	7
4	7	3	8	5	1	2	6	9
1	5	2	4	8	9	7	3	6
6	3	7	2	1	5	9	8	4
8	9	4	3	7	6	1	5	2
7	2	8	5	6	3	4	9	1
5	4	1	7	9	8	6	2	3
3	6	9	1	4	2	8	7	5

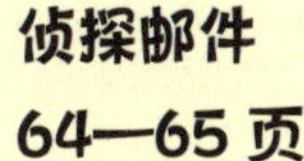

侦探邮件
64—65 页

这封信写的是：

你好！

是猴子偷走了博物馆的东西！它在书里的某一页。是哪一页？

拉塞和玛娅

哪一页上有猴子？第 73 页。

配对连线
66—67 页

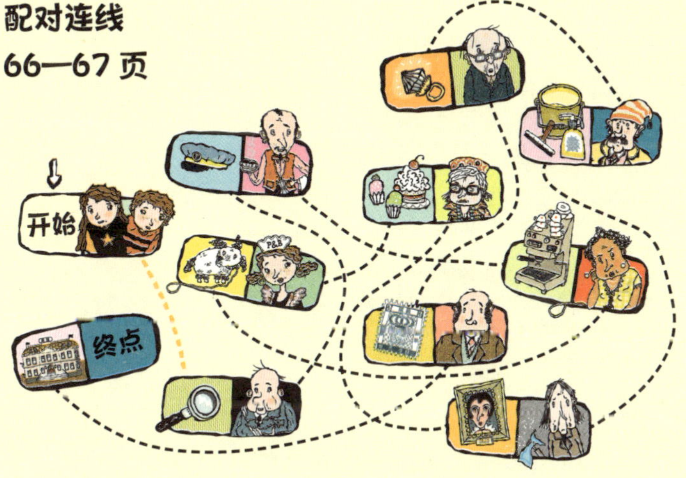

寻找赃物
74—75 页

赃物藏在小卖亭。

著作权合同登记号：图字 18-2023-134

图书在版编目（CIP）数据

拉塞 – 玛娅侦探所 : 实践版 . 校园侦探竞赛 /（瑞典）马丁 · 维德马克著 ;（瑞典）海伦娜 · 威利斯绘 ;徐昕译 . -- 长沙 : 湖南文艺出版社 , 2023.9（2024.7重印）
ISBN 978-7-5726-1274-9

Ⅰ . ①拉… Ⅱ . ①马… ②海… ③徐… Ⅲ . ①儿童小说–侦探小说–瑞典–现代 Ⅳ . ① I532.84

中国国家版本馆 CIP 数据核字（2023）第 122188 号

上架建议：儿童文学

LASAI–MAYA ZHENTAN SUO SHIJIAN BAN XIAOYUAN ZHENTAN JINGSAI
拉塞 – 玛娅侦探所 实践版 校园侦探竞赛

著　　者：［瑞典］马丁 · 维德马克
绘　　者：［瑞典］海伦娜 · 威利斯
译　　者：徐　昕
出 版 人：陈新文
责任编辑：张子霏
监　　制：李　炜　张苗苗　文赛峰
策划编辑：文赛峰
特约编辑：丁　玥　焦玲玲
营销支持：付　佳　杨　朔　周　然
版权支持：王媛媛　刘子一
封面设计：梁秋晨
版式设计：李　洁
版式排版：潘雪琴
出　　版：湖南文艺出版社
（长沙市雨花区东二环一段 508 号 邮编：410014）
网　　址：www.hnwy.net
印　　刷：三河市中晟雅豪印务有限公司
经　　销：新华书店
开　　本：875 mm × 1230 mm 1/32
字　　数：40 千字
印　　张：3
版　　次：2023 年 9 月第 1 版
印　　次：2024 年 7 月第 2 次印刷
书　　号：ISBN 978-7-5726-1274-9
定　　价：128.00 元（全 6 册）

若有质量问题，请致电质量监督电话：010-59096394
团购电话：010-59320018